KB119253

바람에게 전하는 안부

나남
nanam

나남시선 95

바람에게 전하는 안부

2021년 11월 5일 발행
2021년 11월 5일 1쇄

지은이 남찬순
해설 유자효
캘리그래피 권혁영
발행자 趙相浩
발행처 (주) 나남
주소 10881 경기도 파주시 회동길 193
전화 (031) 955-4601 (代)
FAX (031) 955-4555
등록 제 1-71호 (1979. 5. 12)
홈페이지 http://www.nanam.net
전자우편 post@nanam.net

ISBN 978-89-300-1095-5
ISBN 978-89-300-1069-6 (세트)

책값은 뒤표지에 있습니다.

나남시선 95

남찬순 시집

바람에게 전하는 안부

나남
nanam

자서 自序

있는 그대로를 보려고
울분도 지우고
슬픔도 지우고
기쁨도 지우고
닦고 닦았습니다.

그러나 거울은
껍질만 비춰 주고
속살은 보여 주지 않습니다.

내 사유思惟 또한
그 빈 껍데기일 뿐입니다.

2021년 10월
남찬순

나남시선 95

바람에게 전하는 안부

차례

2부

눈물을 삼킬 때도 있다

3 부

골짜기에 머무는 구름

4부

마음이 어울리는 자리

1부

그리워하면 만난다

달래강을 지나며

1

문경새재 흐릿하게 누워 있는
달래강* 휴게소에서
일부러 아버지에게 물었다.

속리산 산길을 뛰어 내려와
남한강으로 엉덩이 춤추며 가는
고향길 강.

"저 강 이름이 뭐지요"
"영산강"

영산강?
젊은 날 마음을 휘젓던 노랫가락이
먼지 덮인 상자 속에서
툭 튀어나온 건지.

---

* 달래강: 충주 달천강의 다른 이름. 속리산에서 발원해 남한강으로 흐른다.

강물은 자갈밭 쓸고 바위 껴안으며
골짜기에서 내려오는 어둠을
들이켜고 있었다.

달래강이라 한들
무슨 다름이 있었겠는가
노을 걸친 산허리
돌아가는 길은
이미 가마득했다.

2
70대 중반부터
메말라 갈라지던 갯벌
풍성했던 그분의 생명들은
모두 어디로 갔는지.

나의 이름 두 자는
그분이 가장 오랫동안
간직하며 부르던
마지막 기억이었다

매일 구슬처럼 주머니에 넣고
굴리던 아들 이름.

고향 집 내려온 어느 날
두 손을 잡으며 귀에 대고
아버지라고 불러보았다
잠시 눈을 맞추는가 싶더니
고개를 돌리던 그분.

3
지금은 슬픈 기억으로
그분을 그리워하지만
어느 날 해 질 무렵
나도
빈 하늘 손 저으며
가고 있을 그 길이라면.

아버지를 만났다

오늘은 유수지 언덕 옆 산소에 들러 조상님들께 큰절하고 고향 마을을 한 바퀴 돌았습니다. 달걀처럼 동그란 둘레길은 몇 갈래 골목을 핏줄로 품고 있습니다. 바로 옆으로는 산 밑 개울물 소리 들리고 맞은편에는 유수지를 옆구리에 낀 논밭이 소백산맥 줄기에 안겨 꿈꾸는 동넵니다.

거무죽죽한 느티나무는 여전히 두 팔 벌려 맞이합니다. 호박넝쿨 막 키재기하는 텃밭 옆입니다. 웬일이냐며 반색하는 아버지는 사진으로 남은 40대 젊은 모습입니다. 생전의 아버지는 동네를 한 바퀴 돌면 아버지의 아버지를 만나고, 할아버지의 할아버지를 만나고, 어스름한 저녁이면 소나무 언덕 황톳길에 읍내 나간 아들 기다리는 어머니가 보인다고 했습니다. 지금도 동네길 도는 것이 아버지의 일상이라고 합니다.

낡은 사진첩의 흑백 사진들이 흰 눈 위의 발자국처럼 자꾸 눈에 어립니다. 살구나무 집 돌담 밑에 머리 내밀고 있는 돌부리. 넘어져 아린 무릎에 핏방울 몇 개 이슬같이 맺힙니다. 아파도 참아야 한다, 아파도 참아야 한다며 등 두드리던 아버지. 어깨 꼿꼿한 젊은 아버지.

5월의 못자리 논에 한 발 들고 먼 하늘 바라보는 저 두루미의 눈에는 세월 흘러가는 물결이 보이는 겁니까. 동구까지 마중하고 유수지 언덕 위로 다시 올라가는 아버지의 뒷모습이 오후의 햇살을 받아 눈부십니다.

푸른 뒷산은 잊지 않고 그 먼 손짓을 합니다. 살던 곳 멀쩡히 두고 가볍게 흘러 다니지 말라고 목소리 높이던 친구도 생각납니다. 바람처럼 구름처럼 오가며 만나던 낯익은 풍경들이지요.

“늘 차 조심해라” 하시던 아버지는 저녁 해가 부엉이 산을 넘어갈 때까지 유수지 언덕에 그대로 서 계실 겁니다.

감사합니다

벚꽃 하얗게 날리던 그 밤
나는 고향마을 장터
포장마차 불빛에 끌렸고

그는 약속이나 한 듯
거미줄 낀 형광등 아래
그림처럼 앉아 있었고

도마질하던 아주머니가
힐끗 보며 혼자냐고 물었고
나는
둘이라고 두 손가락을 펴 보였고

우리는
긴 나무 의자에 앉아
눈빛만 주고받으며
빈 잔을 채우고 채우다가

그가 일어섰습니다
서쪽 하늘로 달빛이 기운다고.

누런 천막 들치며
나가는 그의 어깨에
꽃잎이 쌓입니다.
무게 겨운 가지들이
벌떼처럼 뒤엉겨 윙윙거립니다.
거리는 설국의 미로입니다.

친구는
꽃잎도, 달빛도
밟지 않고 그림자처럼
어둠 속으로 사라집니다.

아직 새들은
잠을 깨지 않았습니다.

만나게 해 준
그 고마운 분께 기도했습니다.

낙원동 연가

1

골목길에는 싸라기처럼 어둠이 깔려 있지만 불콰한 노을이 일렁이는 한낮이다. 낙원동 거리. 온갖 허기진 사람들이 북적대며 하루를 다 쏟아 내놓는 곳. 순서 없는 목소리들이 점점 더 밤하늘을 찌른다. 포장마차는 새벽달 등에 지고 새소리 따라 서부로 떠난다. 엉키고 부딪쳐 조각조각 난 사연들은 과거로 남겨 두고.

2

머리 덥수룩한 젊은이가 물들인 군인 잠바를 입고 목로 술집 간판 옆에 서 있다. 흐릿한 창문에 얼굴을 대고 안쪽을 기웃거린다. 저 친구가 왜 갑자기 여기에 왔을까. 아무리 가도 보이지 않고 아무리 생각해도 갈 길 찾을 수 없다던 그 젊은 날 친구. 곰팡이가 지도를 그린 어둑한 흙집, 벽돌 한 장만 보이는 창으로 목쉰 휘파람만 불었다던가. 대학 들어간 친구가 부러워 파란 나이를 기타 줄에 엮어 날려 보냈다던가.

덜걱거리는 출입문을 열고 들어선다. 세월을 비켜왔는지 젊은 날 모습 그대로다. 덧니 난 얼굴로 빙그레 웃으며 손을 내민다. 운전면허 학원에 다니려 서울에 왔다던 어느 초봄 그때처럼.

3

죽음을 부르는 노랫소리, 계단을 오르내리는 발걸음 리듬. 여리지만 투명하다. 서른 살 못 넘긴 그 석공石工 아닌가. 연탄재 쌓인 골목 모퉁이 혼자 기대서서 글자를 새기던 언어의 석공. 그리워 돌아왔는가, 아직도 갈 길을 찾지 못했는가. 주술 같은 노래 들린다. 안개 자욱한 천변길, 황량한 도심 거리의 무너지는 빌딩, 그 그늘에 옷 적시던 청춘. 무엇을 못 이뤄 지금도 방황하는가.

술판이 거나하게 벌어지는 이곳에서는 아무도 그의 짧은 생애를 얘기하지 않는다. 나는 컴컴한 극장 한구석 의자에 고개 떨구고 앉아 있는 그 가슴 시린 영혼이 자꾸 떠올라 나무 같은 북어 안주만 뜯고 있었다.

4

보름달이 빌딩 틈새로 금빛 머리칼을 풀어헤치며 구름을 걷어 내는 요요한 밤. 세월의 칼날이 빗금으로 날아다니는 참호에서 머리 푹 숙이고 소리 한번 지르지 못한 내 고향 친구*와 슬픈 시인** 그리고 나이 챙기기도 쉽지 않은 나. 셋이 마주 보고 앉았다.

"먼저 가 보니 어떠했어?"
"다 그게 그거지"
"오래 살아 보니 재미있어?"

할 말은 쌓여 있지만 까마득한 날에 이미 닫아 버린 녹슨 문. 눈물 가득 넘치는 술잔만 돌고 돌다가 다시 만나자는 약속도 작별 인사도 못하고 미몽迷夢에 헤어졌다.

---

* 고향 친구: 김성태, 2005년 작고. 남보다 일찍 뭔가 알았던 친구.

** 슬픈 시인: 기형도. 1989년 종로의 한 심야극장에서 뇌졸중으로 숨졌다. 향년 29세.

나는 못 간다

갈잎에 앉은 잠자리
실바람에 떨어지듯 하다가
살짝 한 뼘만 뜬다.

진주알 반짝이는 눈동자에
파란 하늘이 배어 있다.
앞산에 걸터앉은
구름 한 점도
얇은 날개에 어린다.

새벽부터 하루가 다 가도록
앉았다 날았다 하는
이 자리
한여름 정情 다 모아 둔
서러운 자리.

모두가 줄지어 가 버려도
난 못 떠난다.

노르웨이의 밤

하늘이 안개를 앞세우며 내려오고 있다.
검은 그림자는 호수를 덮고
호수는 창을 닫는
북구의 저녁.

흐릿한 흰자위로만 남은
산허리 호수 옆으로
길 없는 길
혼자 가는 사람 있다.

살아 있는 모든 것들이
하얀 관 속에 누워 있는
이 얼어붙은 시간
당신은
적막한 편지 갈겨써 놓고
어디로 발길을 옮기는가.

회리바람이 휘젓고 있는 벌판에는
오로라 귀신들이 광란하는데

나침반마저
머리 돌릴 곳 찾지 못하는
동토凍土의 땅끝
당신의 발자국 뒤따라가는
만 리 이방인 있네.

침대 옆 풀죽은 불빛 껴안으며
두꺼운 커튼 뒤에 숨어 보는
이 고독한 솔베이지*의
사랑을 아는가.

* 솔베이지: 그리그(노르웨이 작곡가, 1843~1907)의 가곡에 나오는 비련의 여주인공.

달빛 쏟아지네

얼음 조각처럼 날카로운
산등성이 너머
골짜기 골짜기에
은물결 출렁이네.

장터 씨름판 구경하고
걸어서 오던
십 리 길 신작로
술 취한 가로수 어깨 위로,
희끗희끗 벗겨진
영식이 형 등줄기 위로,
달빛이
우유처럼 줄줄 흘러내렸지.

공구리* 다리 건너며
노래 부르던
그 여름밤의 유년

---

* 공구리: 콘크리트의 경상도 사투리.

멀리 굽이친 하얀 길은
서울 가는 길이라던데

이 달빛에 젖어 가면
그 길 갈 수 있을까.
십 리 길 신작로
꿈속의 길을.

대낮처럼 환한 산골
솔바람 언덕에 서서

그 길 걸어가 보네
하얗게 휘어진
그 길 걸어가 보네.

전쟁놀이

그 언덕배기에 그대가 묻히고
또 그리운 한 세월 지나 내가 찾아가면
우리는 개똥 쇠똥 밟으며 전쟁놀이하던 유년의
얘기로 취할 것이다. 나는 그때 살아서 지금까지
왔지만 너는 그때 이미 내 총 맞고 죽은 몸
그래도 꿈같은 세상살이 오래 같이했다고
킥킥거리며.

상수리나무 늘어진 그 언덕배기에 나도 누울
때가 오면 그때 우리는 다시 반딧불이 총알처럼
날아다니는 전쟁놀이를 할 수 있을 것이다.

나는 묏등 뒤에 몸을 가리고 너는 구부정한 소나무
뒤에 숨어, 죽고 살고 살고 죽고 하다 보면 달빛
가리던 하얀 구름은 부른 노래 몇 번 더 부르다가
가 버렸을 것이고.
하늘에 파란 물결 잔잔히 일면 산소 지키는 갑수
아버지 호통 소리도 정겹게 들릴 것이고,
신발에 옷에 묻은 개똥 쇠똥 냄새 풀풀 날리면
그리운 어머니 꾸지람도 한 마디 한 마디 눈물로

다시 들을 수 있을 것이고.

우리는 탕탕 목소리 높이며 대낮 같은 초여름 밤을
지새울 거다. 인생은 인생으로만 끝나는 것이
아니라고 킥킥거리며.

바람으로 왔다 간다

나는 너에게 우리의 슬픈 흔적만
건드리는 바람으로 왔다 간다.

네가 그 긴 의자에 앉아 있을 때
갈대 옷자락 서걱거리는 소리
노을에 출렁이는 붉은 물결

네가 그 동산에서 나를 부를 때
떡갈나무 사이로 들리는 노래
산마을에 퍼지는 푸릇한 저녁연기

네가 그 창가에 앉아 편지를 쓸 때
달빛에 젖은 가랑잎의 고운 율동
줄지어 가는 철새들의 은빛 여운

나는
불같은 연모의 정을
풀어놓지 못하고
오직 그렇게
바람으로만

바람으로만
네 마음 흔들어 놓고 간다.

삼척 친구

산등성이를 뚫고 고갯길 돌아
바람처럼 달려왔다.

짙푸른 물감이 뼛속으로 배어드는
오월 하순의 동해 바다
아침 길 떠나온
저세상이 가마득하다.

어촌 동네가 함지박 능선 따라
꽃버섯처럼 피어 있는 산허리
비석 하나 서 있을
저 이팝나무 숲속.

그날
50대 초반에 급하게도
가 버린 친구야
아직도 한세상 일
싱겁게 삼키고 있는가.

머언 파돗결에

폈다 거두었다 하는
갈매기 나래짓.

그래
햇볕 투명한 오월이 오면
손짓하지 않아도
다시 찾아올 것이구먼.

세월이 보기 싫네

친구가 불쑥
노랑물 스며든
흑백 사진 한 장을 보냈다.

청량리에서 중앙선 완행열차를 타고
내린 오두막 같은 역사驛舍
덕소.

미사리 포플러 숲 너머
흐릿한 들판이 서울인가.
모래섬에 둘러앉아
노래하고 씨름하며 보내던
스무 살 시골 친구들의
초여름 하루.

세월은 웃고 서 있는
저 청년들의 젊음을
어디로 빨아 갔는지
눈빛 총총하던 13명 가운데 그런대로 술 한잔
할 수 있는 친구는 서너 명뿐.

그대는
왜 아물거리는 날들의
보따리 풀어 보이고
그리운 마음
매정하게 탐닉하며
목줄만 잡아끄는가.

그대가
내 젊은 날
애련의 늪을 헤매며 방황할 때
손 내밀고 옷깃 여며 주던
친구였던가.

있다 만나

조심해 내려오라고
소리 지르던 그 친구.

그 친구
삭은 나뭇가지 붙들고
뒤로 넘어지더니
수십 년을 못 보네.

마지막 발자국 남겨 놓고 간
너럭바위
허연 배 내놓고 입 다물고
솔바람에 모여 있는
가랑잎들은
힐끗힐끗 날 보며 수군거리고.

산허리 구름에 실려 갔다던가
어느 계곡물에
발 담그고 있다던가.

뱀 같은 능선은 아득하기만 하고
산봉우리 하늘은 끝없이 높아
여기와 거기가 어디요?

혹시나 해
달빛 밟으며 와 봐도
눈발 쓰다듬으며 와 봐도
푸른 산 내려오는 사람은
아무도 없었지.

이따 봐
그가 나에게 하는 소리인지
내가 나에게 하는 소리인지.

있다 만나
산길 따라 흐르는 물소리.

한번 만나게 해 주오

돌무더기 앞에서
돌멩이 찾았지만
없네
이미 깊게 뿌리내린 돌들뿐.

발길로 낙엽을 뒤적이다가
푸석한 놈 하나 주워
올려놓고선

뭘 빌어
멋쩍은 생각이 들데.

두 손 모으고 있는
아내의 옆모습 훔쳐보며
내 것도 빌겠지 싶어
혼자 웃다가

잎사귀 몇 닢 붙이고 있는
나뭇가지 사이로

얼굴 내밀고 따라온 주흘산*
저 안갯길 능선에서
사바세계를 내려다본 적 있지.

함께 오르던 그 친구
한번 만나게나 해 주오.

---

* 주흘산: 문경새재를 대표하는 명산. 해발 1,108.6m.

물은 물 산은 산이라도

오늘 아침 친구가
고향으로 내려갔다.

하얀 보자기에 다시 보자는
쪽지 하나 넣어 줄 수 있다면
했는데

가면 머물 곳 있는지
아무것도 없는
없는 것이 되는지
고향행 버스는 병원 쪽문으로
엉덩이 빼며 도망치데.

꼭 일 년 전
준비해야지 하며
쓴웃음 짓던 얼굴이 생생해
먼저 가 있으라 했지만
물은 물 산은 산이라던가*

---

* 성철스님(1912~1993) 어록에서 인용했다.

죽은 일은 죽은 일이라는
말씀이겠지.

알 듯 모를 듯
늦가을 안개가 너무 짙네.

집으로 간다네

남쪽 바닷가에서 올라오던
심야버스가
한순간 어둠을 뚫고
하늘로 치솟았다.

차창에는 별똥별이 스치고
나는
블랙홀에 빨려들었다가
나오고 또 나오며
멀어지는 지구마을의
애처로운 불빛을 본다.

이 어둠의 끝까지 가
아무것도 보이지 않는
캄캄한 그 들판에
황량한 그 들판에 홀로 서면
검은 도포 자락 뒤따라
또 어디로 가야 하는지.

꼭 와야 할 날 다시 오겠습니다.
제발 돌아가게 해 주오

했더니,

나는야
새벽 택시 타고
한강 변을 달리네.
새소리 들으며
콧노래 흥얼거리며
집으로 간다네.

한 줄 소식이나 올까

배 떠난다고 고함치자
꽈-오 꽈-오 소리 지르며
몰려들던 갈매기들.

석모도* 파란 하늘은
하얀 돛배들 바다였지.

하늘도 뱃길도 다 지워져
봄 햇살만 냉랭한 포구.
시멘트 바닥 핥고 있던
식당 집 삽사리 한 마리만
손님맞이하네.

눈부신 가슴 열어
손 툭툭 치고
안기려던 갈매기들.

---

* 경기도 강화도 옆 섬.

저 오만한
시멘트 다리 너머
먼 구름 속인지
잔물결 부서지는
어느 바위틈인지

빈 하늘 목쉰 노래 띄워 보면
한 줄 소식이나 올까.

달아 달아 밝은 달아

노란 옷 입은 시종侍從
앞뒤로 데리고
하늘길 행차하시네
석모도 보름달.

고래 등처럼 미끈하게 드러난
밤바다 갯벌
봉긋한 섬 하나 돌아
저 벌판 비단길로
가고 또 가면,

그림자도 발자국도 없이
가는 사람 있네.
한 생애 사랑에 빠져
천년을 사는 시선詩仙.

어디로 가느냐고 묻자
옥 같은 손 내밀며
같이 가자네.

하얀 옷자락 팔랑이며
아직도 보따리 메고 유랑하는가.

먼 갯고랑에는
밤늦은 파도가 밀려오는데
농염한 보름달에
옷소매 잡힌 사람은

달아 달아 밝은 달아
어찌해야 하느냐.

파랑새 1

마른 담장이 넝쿨
벽 타다 만 당신의 성城.

언제나 당신의 창에는
하얀 블라인드 내려져 있지만
이렇게 찾아와
오도카니 앉아 있는 것이
내 일상입니다.

당신을 향해 하루에도 수십 번
노래 부르고
노란 부리에 피멍 들도록
창문을 두드립니다.

가랑잎 바스락거리는 소리에도
풀벌레 뒤척이는 소리에도
당신이 다가오는가 싶어
가슴 팔딱이지만
당신은 언제나 닿을 수 없는
먼 산 위 구름.

그러나
당신을 사모하는 마음은
저 먼 세상까지 가져가야 할
나의 노래요
태어난, 오직 하나 이유입니다.

파랑새 2

당신의 창을 바라보며
마지막 기도를 드립니다.

오늘 밤
어둠 속에 날개 펴려다
하얀 옷 뒤집어쓰고
땅 위에 떨어질 때
당신의 이름 부르게 해 주십시오.

당신의 노래
밤새 중얼거리다가

동녘 하늘 물들기 시작하면
그때야
깊이깊이 숨겼던 눈물 삼키고
이 차가운 오솔길에
떨어져 누울 것입니다.
구겨진 종이처럼 길바닥에 얼어붙은
주검이 될 것입니다.

한겨울 지나면
저 숲길로 저 바윗길로
운명처럼
오는 사람도 있겠지만
나는 언제나 당신 곁에
남아 있을 겁니다.

기다렸다

교문 앞에서 기다렸다.

집 앞에서 기다렸다.

3년 동안 답장만 기다렸다.

제대하고 나서는
더 이상 기다리지 않았다.

지금도 가끔 기다리는 꿈을 꾼다.

웃는다.

2부

눈물을 삼킬 때도 있다

그래도

가시덤불 뒤엉켜 있는
마지막 길
유리조각 널브러진
이승의 끝 길

그 길이
당신이 정해 놓은
그분이 꼭 가야 할
그분의 길이라면

눈을 감고
분노를 삭이려 합니다.
무릎을 꿇고
슬픔을 녹이려 합니다.

그래도

어떻게 해야 합니까.

그 오월이네

비가 내려
납골함 들고 가는
산마루 황톳길에
오 남매의 눈물
어머니의 눈물
비가 내려

하늘도 창을 닫아
시간이 칭칭 달라붙던 날
꽃잎에도 나뭇잎에도
뚝뚝 흐르던 눈물
족쇄 끌고 가는가
발길이 떨어지질 않아

섰다 가고 섰다 가던
고향 마을 뒷산 먼 황천길
뻐꾸기 산꿩이
날개 털며 길 비켜 주던
그 오월이네.

세월을 질퍽질퍽 밟다 보면
나 또한 찾아올
황토 산마루 길
그 오월
그 오월이네.

공허한 고해

어머니는 웃었다. 7년 동안 누워서 속으로만 울었다. 당신은 아들에게 더 가까이 다가오려 했지만 그럴수록 아들은 더 멀리 떨어져 나갔다. 병원을 찾는 일이 귀찮은 의례처럼 느껴져 핑계를 꾸밀 때도 있었고 방관한다는 자괴심에 스스로 마음을 추스를 때도 있었다. 이제 가실 때가 됐다고? 부모가 자식의 심사를 걱정해 스스로 정情 떼고 떠난다고? 부모의 속 깊은 사랑으로 당의糖衣를 입힌 잔인한 효도가 왜 막힘없는 얘기로 들렸을까?

간병인이 자동침대로 몸을 반쯤 일으켜 주면 그때마다 되풀이하던 얘기. "바쁜데 뭐 하러 … " 빈말이었다. 주사 바늘 들어갈 틈도 없는 깡마른 손을 잡으면 얼굴에 화색이 돌고 손등 위 푸른 핏줄에 피가 가득 고이는 것 같았다. "뭐 하느라고 그렇게 뜸했느냐"는 젖은 목소리가 먼 산 뻐꾸기 울음처럼 들렸다. 힐끔힐끔 시계를 보는 척하다가 간다고 할 때면 또 빈말. "어서 가라"고 손을 내저으면서도 자주 오라는 말은 잊지 않았다. 병실을 나올 때까지 홀로 쪽배를 타고 노를 저으며 내 뒷모습을 각인하던 어머니.

어머니는 시간이 흐를수록 외딴섬이 되고 있었다. 적막한 공간에서 지난 세월을 혼자 걸으며 달빛에 젖고 있었다. 서서히 끝 모를 대해로 표류하기 시작했다. 해가 다 지고 별이 뜬 밤. 육지는 보이지 않고 어둠은 빠른 속도로 모든 빛을 갉아먹었다. 망막 멀리 별빛이 하나둘 나타날 때도 간혹 있었겠지. "찬수이 왔다"고 큰 소리로 말하면 간신히 얼굴은 돌리지만 인지하는 것은 눈빛뿐. 그 흐릿한 눈빛만으로 모든 얘기를 대신했다.

억척같은 시간의 물살을 타고 표류하던 그날 오후. 잡을 것 없는 빈 하늘에 모든 걸 다 버렸는가, 차곡차곡 채워 두고 가셨는가. 노 젓던 두 팔을 가지런히 하고 가는 곳 알 수 없는 곳으로 마음속 파랑새를 날려 보냈다. 새벽녘 화톳불같이 온기가 사그라지고 있었다. 아무리 손을 내밀어도 가버리는 한 인생. "아버지가 저쪽에서 기다리고 계셔요. 모든 것 다 잊고, 버리고 부디 편히, 편히 가세요. 죄송합니다."

이별한 지 벌써 수년이 지났다. 마지막 남은 인생의 꼬투리를 잡고 누워서만 지낸 어머니의 그 고독과 아픔의 깊이를 내 종이 한 장으로 얄팍하게 떠올리는 밤.

화분의 꽃이 참 곱다며 아기같이 순진하게 웃던 아침나절, 창가 가득했던 영산홍 꽃을 꼭 껴안고 넘어지던 날. 그때의 꽃은 지금도 한창입니다. 햇볕도 바로 그 햇볕입니다. "뭐 하러 왔어" "자주 와" 어머니의 엇갈린 노래 들으며 혼자 서 있습니다. 일없는 바람이 창문을 엿보다가 지나갑니다. 공허한 고해 왜 하느냐고 합니다. 만삭인 달이 멋쩍게 웃으며 고개 돌립니다. 한심하다고 합니다.

추석

어깨동무하다가
같이 껴안다가
앞서거니 뒤서거니 하다가
거꾸로 누워서 언덕길
함께 올라간다.

달빛과 가로등 불빛이
어울려 사는 산동네
한 세월 젊어지고
힘들게 오르내리던 계단길엔
이빨 빠진 자리마다
술기운만 가득하네.

잠길 날 없는 저 문고리
걸어 둘 수만 있다면.

돌아가련다.
어머니 선잠에 베갯잇 적시는
산 밑 마을로.

아주 오래된 일

그 할아버지는
아침 설거지 끝내고
매일 수유리 요양병원으로
아내를 찾아갔다네.

뼈마디 보이는 손 서로 잡으며
온기 나누던 시간
마음 한구석에는 언제나
비워 둔 자리가 있었지.
서로의 눈빛과 마음이
머물던 공간
한나절 아지랑이꽃 피었던 곳.

유리창으로 바라보다가
지팡이에 눈물 적시며
마을버스로 돌아오던 길이
어제 같다던 할아버지.

"그때가 언제였더라.
복사꽃 돌담 뒤에서

멀리까지 손 흔들던 처녀는
나풀거리던 나비였지.
그 사람
나비라는 말에
입술 오물거리더라."

몇 년 전 복사꽃 마을로 갔다는
그 할아버지
어젯밤에 만났네.

운명

양평 친구 집 바위에 앉아
술기운 깨고 있는데
가랑잎 더미 사이로 고개 내민
떡잎이 보였다.

매콤한 연기 바람에 스칠 때
두 쪽 얼굴 들더니
배시시 웃으며 조막손 내밀데.

칼바람 불고 눈 오면 어찌하려나
유리 같은 파란 하늘
먼 산봉우리에는
벌써 하얀 이불 깔렸는데

가랑잎 다시 덮어 놓을까.

이 생각 저 생각 하는 틈으로
포르르 날아 내 옆에 앉는
그놈, 노란 부리 멧새 한 마리.

고개 갸웃거리며 눈동자 굴리더니
폴짝폴짝 가랑잎 헤치고 다니더니,

제철 모르고 이 세상 나온
여린 생명
저 불타는 가을
잠시 구경이라도 했는지.

그 섬에 갔더니

공룡 뼈 같은 바위 위에
검은 띠 두른 갈매기들이
석고처럼 앉아 있더라.

한여름 대낮
부풀어 치솟기만 하는 구름은
언제 또 터질지 몰라
짓눌린 바다
수평선만 혼자 광란하던
이맘때였지.

느닷없이 밀려와 휘감기던
삶의 고리
뼛속까지 허물어 놓고
유유히 사라지던
그날,

아직도 모를 일이네
아침에 손 흔든 사람
저녁에 간 길은.

먼 나라 화물선은
뭉게구름 굴리며 어디로
기어가는가

바위 사이
한숨만 치근치근 쌓인
물때 묻은 백사장은
속으로만 새까맣게 타들어 가는데
파도야
누가 등을 밀기에
이렇게 쉼 없이 가슴을 때리느냐.

거품으로 사그라지기만 하는
기다림아
그리움아.

시월의 모서리에서

보름달이 나뭇가지에 걸려 찢어지던 저녁.
아내와 나는 아파트 공원
긴 나무의자에 앉아 풀벌레들의 지난여름
얘기를 엿들었습니다.

언제나 그렇듯 이별하는 순간에 남는 것은
오직 하얀 슬픔뿐, 마음과 마음 사이에
가리고 덧칠할 것이 없어 더욱 애틋합니다.

그림자 지운 나무들 사이로 옅은 밤안개가
깔려 들고 냉랭한 바람이 숲길 따라 밀려옵니다.
늦가을 모서리 골바람이 거셉니다.

뒤돌아보면 얼마나 짧은 순간이었습니까.
얼굴 맞대고 다가오는 시간을 두려워하는
이 적막한 우리의 밤도 잠시면 또
지나갈 것입니다.

"마차를 빨리 타야 해요. 싫어도 할 수 없어요.
서쪽으로 갑니다. 갈 수밖에 없어요."

다시 온다는 기약은 헛된 것입니다. 저 푸르고
왕성했던 계절은 이미 우리의 것이 아닙니다.
자리를 비우고 이어 주어야 합니다.
손때 더덕더덕 묻은 삶의 짐은
내려놓아야 할 시간이 됐습니다.

우리가 일어선 그 자리에는 언제 왔는지 우리를
닮은 누군가 우리처럼 벌써 봇짐을 챙기며 앉아
있습니다. 조금 전 우리의 모습 그대로입니다.

아름답고 감사하고 눈물겨웠다는 말을 꼭 전해주고
싶습니다.

고향집 마루에는

아버지는 밀가루 풀로
문풍지를 달고
막걸리 한 사발 하신다.
마루에는 햇살이
솜처럼 깔려 있다.

하얀 분이 서리 내린
처마 밑 곶감
시집에 정情 못 붙여 돌아온
고모는
반죽보다 더 몰랑몰랑한
사랑을 따
조막손에 쥐어 주셨다.

서러운 얘기 목마른 고모와
마음 시린 아버지는
눈길 서로 감추며
할 말을 삼키고

파란 하늘 가르는 초겨울 바람은
몇 번이나 대문 앞까지 와
위-잉 지나가더니.

처마 밑 고드름 녹아
물방울 떨어지는 소리
빛바랜 고향 집 마루에는
봄 햇볕만
소복이 쌓여 있더라.

화살머리고지에서

6월의 능선이 갈래갈래
찢어지던 그날
그날 보았다.
옷깃에 베여 떨어지던 핏물을,
감기지 않는 충혈된 눈동자를,
그리고는
저녁 해처럼 가라앉던 손짓을.

60여 년
구멍 뚫린 철모와 수통
다 쏘지 못한 총알 몇 개
흙바닥에 떨어진 계급장
풍화된 두개골과 갈비뼈 무릎뼈.

먼 남녘 길이야 한 줄 실 가닥
뻐꾸기 울음으로만 남아 있더라.

듣고는 있는가.
담요를 덮어 주고
그늘을 만들어 주고

우산을 받쳐 주고
가슴을 쓸어 주던 느티나무가
고개 숙이며 말한다.
가거라.
우리의 긴 인연 나 혼자 지키며
간직하마.

구덩이에 쪼그려 앉아 있는
젊은이여.
오늘도
가늠쇠에 눈 맞추고
다 삭은 개머리판
방아쇠를 당기는 병사여.

떠나올 때 그 모습 그대로
이제는 가거라.
곱고 싱그러운 초여름 바람
가슴에 가득 안고
이제는 가거라
이제는.

이등중사의 고별사

멀고도 멀더이다
별나라 달나라도 아닌
내 고향길이.

피 솟는 젊음 남겨 두고
꼭 걸어서 오겠다며 떠났던 길
60여 년 전 그 길을
하얀 가루가 되어 돌아왔습니다.

헤어지던 날 감나무에 걸렸던 초승달처럼
생긋생긋하던 큰애
그 큰애의 가슴에 안겨
꿈꾸듯 왔는데
왜 이렇게 눈물이 납니까.

금테 훈장이, 찬사의 조문이,
영광의 노래가
흙구덩이에 묻혀 버린 청춘을
다시 돌려줍니까.
주름살 가득한 큰애의 얼굴에

얼핏 스치고 지나간
잊을 수 없는 사람들의 흔적
세월을 찢고 찢으며 살았을
그들의 얼굴만 자꾸 어립니다.

이제
내 인생 모든 것을
반납하려 합니다.
여기 훈장도 영광도 찬사도
나란히 진열해 놓았습니다
가져가십시오.

창가에 걸린 새벽달이
그날 같네요.
돌아오지 않는 바람으로
떠나겠습니다.

슬픈 웃음

시끄럽게 저녁을 먹는데
친구가 부음을 날렸다.
마누라가 죽었다고.

속없이 살아온 남편 옆에서
바득바득 버티며
새 아파트 마련한 사람.

갈 때는
꼬리연 겨울바람에 날아가듯
휘-익 떠났다데.
한낮 동네 목욕탕에서.

가지런히 놓인 국화꽃에는
외국에 사는 아들딸 기다리는
묵은 향내가 배어 있는데

한순간 강 건너간 길
믿을 수 없으니

당장 눈물이야 나올까.
영정 껴안고 통곡하면
산 사람의 위선이지.

저녁때 마트에 들러
집에 들어오는 듯
TV 앞에 같이 앉아
잠깐 말꼬리 다투듯
그래서 웃는 거겠지.

슬픔과 안타까움이 이리저리
파도처럼 출렁이는
영안실 풍경이네.

그러면 좋겠네

빨간 띠로
머리 묶은 강아지가
쉼 없이
나무 밑으로 풀밭으로
찾아들어 간다.
목줄이 당겨도
네다리로 버티며
돌아올 길 흔적을 남긴다.

그래,
흔적을 다시 찾을 수만 있다면
가는 길 어디든 줄을 긋고 다니지.

산山길 강江길
아무리 찾아 헤매도
다 지워진 기억이라면

솔바람 스치는 언덕에 서서
한 생애 바람처럼 날려 보내고

머리 가는 데로 누워
갈잎소리 한 귀로 흘리며
잠들면 어떠하랴.

잠 오는 것도 잊고
무념無念으로 잠들면
어떠하랴.

웃는 것이다

국회의사당 꼭대기에
저녁 해가 앉아 있다.
하혈을 하는 것이다.
한강이 붉게 물들었다.

웃는다.
하혈을 하면서도
웃는 것이다.
웃다가
절룩거리며 언덕길을
넘어가는 것이다.

가고 나면
전당殿堂은
불빛 한 오라기 없는
천년 유적이 된다.
아무렇지도 않은 듯
아무 일 없는 듯
어둠 속에 잠길 것이다.

내일도
저녁 해는 한강을 물들이며
웃을 것이다.
귀퉁이가 허물어져 가는
전당을 보고.

추락한 달에게

흙탕물에 젖은 낮달이
아파트 꼭대기에 걸려 있네.

어젯밤 창 너머로
넋 잃고 바라보던
그 황홀했던 달이
목덜미 잡혔나.

찢어진 옆구리 감추고
얼굴 가리며 서 있네.

솟아오르는 해는
아파트 틈새를 비집고
달려드는데
뒤돌아 간청해서
무슨 소용 있겠는가.

수없이 많은 당신이
당신처럼 그렇게 태어나
그렇게 갔고
또 그렇게 갈 것이네.

권력의 그늘에 남을
더러운 묘지명 하나
두어서 무엇 할 것인가.

한 올의 걸침도 남기지 말고
그만
사라지시게.

이 그림은

누런 물살에
머리만 내놓은
버드나무 몇 그루가
목숨을 붙들고 있다.

여의도 빌딩 첨탑까지 올라가
도시의 밤을 열던 노을은
먹구름에 덮여
흔적도 보이지 않고

긴 하루가
다시 굵은 빗줄기 맞으며
어둠으로 빠져드는
실언失言의 시간
땅에도 허공에도
술 취해 광란하는
도깨비들뿐이네.

푸른 숲길 다 삼키며
도도하게 흐르는

저 흙탕물은
어디까지 휩쓸며 갈 것인가.

온갖 쓰레기가 화폭을 덮쳐
검은 물 줄줄 흐르는
찢어진 그림.

2020년 8월
어느 날 그림이었지.

산불

늦가을 저녁
이화령梨花嶺* 고갯마루에서
꽃뱀처럼 휘감으며 타오르던
산불을 봤다.
황홀했던 춤사위
춤사위에 넘실거리던 뱀의 혓바닥
차창 밖 무대는 붉은 바다였다.

그랬다던가.
밤만 되면
산불처럼 늘어섰다던 횃불
젊음을 찢어 버리며
백두대간 골짜기 헤매던 그들.

사랑도
울분도
증오도
그리고 그 몹쓸

---

* 이화령: 문경새재 옛 자동차 길.

사상도 이념도
황홀한 뱀의 혓바닥 위에서
춤추던 때

산불이었다.
청춘을 낚아가
한 줌 재로 날려 보낸 것은
그 산불이었다.

아직도 덜 꺼진 잿더미에서
파란 연기 몇 줄
새어 나오네.

실밥 같은 기억 속에
묻혀 있던
내 푸르던 날의 산불아.

우리의 불행은

목 타던 가뭄에
물 한 모금 짜던
어느 해 7월이었지.

갈증에 허기진 밤
진흙밭을 헤매다가
서편 빌딩 꼭대기에 잡힌
초닷새 달을 만나

그래, 구천九天의 밤길이
꿈속 가뭄 같기야
하겠느냐며
수만 리 하늘길을
따라나섰네.

우리는 서로가
간교한 세월을
마음속에 묻고
밤새 걸으며
희망만 얘기했지.

아침이 오면
어둠에서 깨어난 생명들의
흙더미 헤집는 소리
나뭇잎들의 창문 여는 소리에
대지는 다시 신나게 홍얼거릴
것이라고.

그런 아침이 꼭
오고야 말 것이라고.

미안하다 라마*야

이맘때였지
한 줌 뼛가루로 날려 보내던 날
물기 촉촉이 배인
안면도 갯벌에는
오늘처럼 갈매기 상여꾼들이
낮술 마시며 북적거렸지.

포연砲煙이 피어오르는 여름 바다
수평선 너머 먼 나라에서
너는 또
귀 쫑긋 세우고 할딱이며
내게로 달려오는구나.

돌아올 짐 챙기자
빤히 쳐다보며
내 눈치만 살피던 노옹老翁.
버리고 갈까 봐 꼬리 흔들며
맨 먼저 뒷좌석에 올라탔지.

---

* 라마: 14년간 키우던 시인의 애완견 이름.

이제는,
파도길 멀고 구름산 높아
너의 되돌아갈 길 걱정이지만
데려갈 방법이 없구나.
라마야.

저 가을 하늘 아래는

돌다리 건너
구름 한 조각 걸려 있는
산허리 너머로

아득히 기어오르는
미몽迷夢의 길
그 백사白蛇 길 따라가면

세상 아우성, 먼지바람
유리같이 씻어낸
파란 마을 있다 하네.

마음속 거울 비추며
청량한 세월만 담아
티 없이 구김 없이 사는
사람들.

고개 너머 솔밭길
노을 따라 저무는 마을
저녁연기 한가한
옛 마을 있다 하네.

3부

골짜기에 머무는 구름

청산에 들어갈 때는

그날은
그림자도 남기지 않겠네
내가 나를 뒤따라가며
지우고 지우고 가려네.

가다가
청산 자락 오솔길로 들어서면
딱 한 번만 뒤돌아보려네
그 사람이 아직도
내 모습 바라보고 있는지.

바라보고 있으면 있는 그대로
훌쩍 가 버렸으면 없는 그대로
있는 힘 다해
잊지 않겠다 고함지르고

못 잊을 그 사랑 하나
달랑 보따리에 챙겨 멘 채

청산아 고맙다며
석삼년 살 오두막 찾아가려네.

西江을 건너가면

2021년 8월 3일

팔목의 맥박이 먼 숲속의 부엉이 울음처럼 점점 더 희미해진다. 몇 차례 힘든 숨을 몰아쉰다. 생명의 끝인가. 경계 너머 저쪽 강언덕에 서 있는 사람에게 큰 소리로 물었다.

어디로 데려가려고 기다리는 거요? 거기는 어디요?
거기가 끝이요? 도대체 거기가 있기나 합니까?

메아리도 없다. 오늘 밤길이 멀다면 달빛이라도 함께 가게 해 달라고 소리쳤다.

모두가 하늘의 은총에 매달리는 시간. 햇볕이 도시를 막 녹이기 시작했다. 아파트 너머 뭉게구름은 꼭짓점을 향해 점점 더 거칠게 부풀어 오르다가 한순간 물바다를 만들었다. 나는, 생각이 없다는 생각도 못하고 한참을 서 있었다.

경계를 넘으면 항상 새로운 경계가 있는 우리네 삶. 저 경계는 넘으면 아무것도 없는 어둠뿐인가. 그 속에도 무언가 있는가. 빛이 있고 새로운 어울림이 있는가.

떠나간 흰 모래밭에는 한 인생의 아름답고 그립고 서러운 흔적만 남아 있다. 어릴 적 강물로 뛰어들며 벗어 놓은 옷가지들처럼.

시간은 여전히 차갑게 입 다물고 외면한다. 앞으로만 갈 것이다. 생전에 열심히 주님을 찾던 주름진 손등에 8월 아침의 빛살을 모아 줄 길은 없을까.

묻는다

그도 갔다
그렇게 힘들어하더니.

모두들
갈 때는 뒤돌아보지도 않더라.

어디로 가는 거냐.
나도 곧 가겠지만
긴 줄 서 있다 보니
궁금해서 묻는다.

들리지 않느냐,
할 말이 없느냐.

어디로 가는 거냐.
땅속이냐, 하늘이냐.
가면
모두 다시 만나는 거냐.

다시 세모에

한밤 라디오 목소리에
소낙비 맞은 것처럼 푹 젖었다가
새해가 문 앞에 와 있다는 말에
'아차' 했습니다.

한 장 남은 달력을 버리고
열두 장짜리를 답니다.

거꾸로 서 있거나
누워 있거나
비틀어져 있는 날짜는 없을까요?

그 시도 그 노래도
그 시가 그 노래가 아니듯이
내년 어느 날은
내가 나를 보고
낯설 때도 있겠지요.

구부리고 싶어
등 굽힌 사람은 없겠지만요.

인물사진

친구는 면회를 거절했다.
생전의 건강한 모습만
기억해 달라며.

그는 곧 갔다.
갈 것 같지 않던
웃는 얼굴만
또렷한 영상으로 남기고.

실낱같은 꼬투리 잡고
버둥거리는 흉한 모습으로
만나면
한숨만 더 나오는 거지.
지나놓고 보니 그 친구
면회 사절 잘했다.

먼 하늘은 먼 하늘대로
가까이 내려앉을 그날.

그날을 위해
분칠한 얼굴 대신할
웃는 사진 하나
미리 부탁이나 해 둬야 하겠다.
세상에 잘 살다 갔다는
예의를 갖추기 위해서도.

가을이 오네

그 가을이
새털구름 풀풀 날리며
西江을 건너

은빛 짤랑거리는
미루나무 샛길로
사시나무 단풍나무 숲길로
몰래 오고 있다.

새벽녘에
온다는 전갈을 받고
옷장을 열어 봤더니
헐렁해진 옷가지들
다시
줄여 입어라 하더군.

또
이별하는 것들
사라지는 것들은
가슴을 파고들겠지만

더 쪼그라진 내 품에
낙엽 한 잎
안을 수 있는
빈자리라도 있을라나.

가을은 반가운 듯 살랑살랑
꼬리 치며 오지만
서쪽 하늘 바라보며 고개 돌리네.

내 실없는 웃음의 사연

폭포는 떨어져 곧바로
흘러가지 않는다.

떨어진 자리를 뒤로 돌며
좌절과 분노를 삭이고
유유히 갈 길로 떠난다.

나는 손가락 못 쓰는
현대판 문맹.

앞이 콱 막혀 갈 곳 없는
그 어둠의 방문을 열면
상자 속 생선처럼
냉동되는,

번개처럼 스치는
창밖의 일상은 따라갈 수 없어
핏발 선 눈으로
내다보기만 하는,

그러면서도
수없이 그 방을 노크해야 하는,

나는
석기시대 사람이다.
그래서 실없이 웃기만 한다.

말하자면
내 무지에 대한
부끄러움이나 당혹감
치솟는 성화를
가라앉히려는
내 혼자만의 최면술이다.

철 따라 수만 리 창공을
비상하는 새들의 영감에 대해,
봄날 패랭이꽃 다시 싹트는
오묘한 사유에 대해,

저들은
무얼 더 잘 알아.

그러므로
나는
누런 책장을 넘기고
슬픈 나이의 지혜를 내세우며
실없이 또 웃는다.

부음訃音

이른 새벽에 까마귀 한 마리
카악 카아악 목멘 울음 울고 갔다.
꿈속이었는지
꿈결과 꿈결 사이였는지.

눈 벌겋게 영안실 지키다가
아파트 동네로 내려왔는가.
곡하는 울음소리도
밖을 내다보는 사람도 없었는데.

카악 카아악
어둠을 가르고 찢듯 울다 갔다.
이 나무 저 나무로 왔다 갔다 하며
정신 다 놓고 울다 갔다.

나는,
불길한 울음의 동선動線을 따라가다가
머리맡 모바일 폰을 또 더듬었다.
어슴푸레한 새벽이
유리창처럼 깨질 것 같아.

두 손으로 시를 쓴다

나는
이미자의 노래를 따라가다가
이문세의 노래를 따라가다가
요즈음은
방탄소년단 따라가려
고개 돌리다
그만 길을 잃었다.

그런데도
새벽이 신문을 던지고 가면
변함없이 컴퓨터 자판을 두드린다.
두 손으로.

원고지 칸막이 찢어지도록
지우고 지우다가
손으로 둘둘 꾸겨 내던지는
그런 밤을 지새우면

남은 것은 방바닥에
눈덩이처럼 버려진
휴지뿐이었다는데

참 잘난 세상 만나
원고지 한 장 버리지 않고
자판을 두드린다.
자랑스럽게
한 손이 아닌 두 손으로.

일 이 삼 사 처음 배운 아이처럼
득의만만하다.
바닥이 얕아 뒤뚱거리며
온몸에 상처를 내도.

컴맹

서울역 가는 버스 맞아?
글씨 못 읽는 사람에게
가는 곳 쓰인 차 옆구리
푹 쑤셔 본들

또 묻는다.
서울역 가는 버스 맞아?

하루에도 몇 번씩 만나는
거미줄 같은 미로
혼자 허우적거리다가
안 가면 그만이지 하다가
급하고 답답하니
어찌하랴.

딸 눈치 살피며
손을 내민다.
짜증 잔뜩 서린 목소리
재탕 삼탕 들어도
다시 물을 수밖에.

한때는 앞서 달리고 있다고
즐기던 세상
한순간 까마득히 뒤처진 세상.

늦게 한글 배워 시를 쓴다는
어느 할머니
요즈음 어떻게 지내십니까.

꼰대

발길 짓누르는
나무 계단 틈새

패랭이 풀꽃이
햇볕 지나는 길목이라며
머리 받치고 서 있다.

보아라.
암벽을 타고 오르다 주저앉고
또 오르려고 발돋움하는
저 담쟁이의 검게 그은 모습을.

바닷바람에 홀씨 하나 날려 와
뿌리내렸단다
바위 위 짙푸르게 가지 뻗은
울릉도 소나무는.

그래서요?

또 괜한 말 했나 싶어

빤히 보는 눈길 피해
고개 돌렸다.

탁상달력

책장 위에 멀뚱히
나를 바라보고 서 있는
작년 탁상달력
버릴까 말까 재다가
휴지통에 버렸다.
아무렇게나 던졌는데
눈빛이 보인다.
손짓이 보인다.

한 칸 한 칸 지나간
시간의 조각들
한 닢 한 닢 흘려보낸
세상살이 영수증이라는
생각이 들어
다시 휴지통을 뒤졌다.

"빈손으로 가야 할 길
가지고 갈 곳도 없는
쓸데없는 짐만 많더라."

귀향한 친구 말이 생각나
눈 감고
또 휴지통에 버렸다.

눈빛이야 곧 지워지겠지
손짓이야 곧 지워지겠지
하며.

촛불을 두 개 켰다

인기상 주연상 상 상
똑같은 보자기에 싸인
똑같은 소감을
곁다리로 듣다가

내 기억 속의
하얗게 덮인 산마을
오롯이 뒤로 두고
또 한 해가 가는가 싶어

빈 마음에
촛불 하나 켜 놓기로 했다.
헌 날의 고마움을
오래도록 잊지 않기 위해.

밤하늘 온 마을이
새날을 맞이하는 순간
촛불 하나
더 켜 놓기로 했다.

아파트 늙은 나무
봄마다 새 조끼 걸치듯
내 밍밍한 일상에
무슨 의미 하나
보탤 일 없을까 생각하다가

아니지, 한 살 더 먹고 가는 길
헌 날 같이만 가게 해 달라고.

빨간 딱지가 붙어 있어요

아파트 동네가
이른 새벽부터 야단이네요.

그래요. 봄이 왔어요.
햇살 깔린 성당 언덕
꽃들도 나무들도 새들도
저렇게 오라고 손짓하는데
차라리 마음을 닫아 버립니다.
외출 금지
빨간 딱지가 붙어 있어요.

내, 멀지 않은 어느 날
불타는 한강 노을 바라보며
그대의 노래 부르리라
마음 굳게 먹지만

붙잡지 않으면
아니 온 듯 그냥 지나갈,
고개 돌리면
꽃잎처럼 시들어 떨어질 봄.

지금은 어쩔 수 없네요.
외출 금지
빨간 딱지가 붙어 있어요.
창밖으로 혼자
가는 봄만 바라보고 있습니다.

은행나무 사연

우리 아파트 입구에는
환갑 지난 부부가
살고 있었습니다
한 번도 곁눈 팔지 않고
웃는 얼굴 마주 보며
서 있었습니다.

어느 날부터인가
몸에 빨간 띠를 두르고 있더니
벚꽃 날리던 그 봄날입니다.
동그란 밑둥치 두 개만 상가 옆에,
상가 옆에, 차단기 옆에
남아 있었습니다.
실핏줄 깔린 허연 몸통
김장 무처럼 잘린 몸통이.

아침저녁 아무 생각 없이 나누던
얘기들이 떠올라
한동안 할 말을 못했습니다.
핏방울 같은 하얀 톱밥들은

바람결에 몸을 숨기데요.

아우슈비츠 수용소에서 보았던
그 두렵고 서러운
마지막 눈물 같았습니다.

그래도
봄날은 살랑살랑
서강 노을만 따라갑디다.
새로 정문을 만들어야
아파트 값이 올라간다며
다음에 생맥주 한잔하자네요.

풍경 1

햇살처럼 휘감기는
FM 선율 위에
불쑥 뛰어나와 얹히는
부엌과 거실 사이의
메마른 목소리.

오늘 점심은요?
그냥 아무것이나.

서로 눈치 보며 선문답하는 것도
쉬운 일은 아니지.
심지 빠진 대답한다고
짜증 내지 마시라
미안해서 주는 대로 먹겠다는
뜻이다.

약속도, 찾아가 만날 사람도 없는
텅 빈 날이 자꾸 쌓인다.
오지도 않을 전화지만
기다려 봐?

붉은색 푸른색 짙어진 TV 붙들고
모른 척 늘어져?
아파트 언덕 올라가는
자동차 꽁무니에
시간 실어 보내는 하루도
이제는 어색하지 않아.

짜장면 한 그릇 사 먹고
한강 둔치 길 따라 걷다가
국회의사당 꼭대기에 펄럭이는
노을이나 바라보며 돌아올까.

그래요,
아무도 잘못한 일은 없대요.
나이가 장난쳐 파도타기 하는 거래요.

풍경 2

고등학생 아들이
누가 방 닦으라 했느냐며
목소리 높이자
"무슨 말버릇이 그래"
짐짓 한마디 던지는 남편
아내는 남편만 쏘아보며
하려던 말 꾹 삼키고.

한반도가 태풍권에 있다네.

현관문 꽝 닫고 나가는
아들의 뒷모습 보다가
아내 눈치 힐끗 살피며
동네 기원으로 가는 남편.

비바람은 오후 내내 창문을 흔들었네.

밤늦게 들어온 남편
부엌에서 어슬렁거리자
무릎 짚고 일어서는 아내
냉장고 문을 열고.

아들 저녁 괜히 물으며
식탁에 앉는 남편
병원 갔다 왔느냐며
바람 같은 말 던져도
여전히 꽉 막혀 있던 구름덩이.

둘이 나란히 앉아 있다.
마음과 마음 그 사이로
주말 연속극이 다리를 놓았다.

풍경 3

며느리는
광화문 광장에 아이 데려가겠다 하고
시아버지는
가려면 혼자나 가라 하고

며느리는 아이에게
역사의 현장을 보여줘야 한다 하고
시아버지는 무슨 큰일이라도 하느냐며
아이에게 좋을 것 하나 없다 하고

며느리는 내가 낳은 아이라고 주장하고
시아버지는 내 핏줄인 손자라고 맞서다가

며느리는 혼자 갔다 오겠다며
바람처럼 나가고
시아버지는 마음대로 하라며
대문 꽝 닫고

눈치만 번갈아 보던 아이는
동네 오락실로 재빨리 뛰어간다.

구월의 서울 도심
어느 대문집 앞.

지금은
가화만사성家和萬事成*하고 계십니까.

* 가화만사성: 집안이 화목하면 모든 일이 잘되어 감.

복사마을이 그립다

저녁노을이 얼큰하게 붉었다
마포나루 장터에서
생선 몇 토막 저녁 반찬 챙겨
꼬부랑 비탈길 올라간다.

온종일 짓눌렀던 지게 비우니
발걸음에 날개가 달린다.
먼 길 재촉하는 西江도
혼자 취해 흥얼거리는 해거름.

꽃 무게가 하루 내내 힘겨웠는지
복사나무 팔 뻗치며
어깨동무하자는데
백발노인이
꽃가지 제치며 묻는다.
나루터에 강경 소금배 들어왔던가.

아파트 사이로 비집고 빠져나온
아스팔트 언덕길
더 올라갈 곳 없는 마을버스가
낮잠 자고 있는 동네.

해도 달도 연처럼 걸리는
빽빽한 벌집들
저 벌집들 철근 시멘트 바닥에
복사마을 깔려 있다네.

바람도 구름도
못 들어 봤다며
알고 싶어 하지도 않는
마을.

다섯 번째 계절

할머니 두 분이 앉아 있다.
시월 초인데도 한겨울
햇볕을 줍는다.

한평생 세상살이
깊은 심연에 두고두고 삭혀 온 얘기

실밥처럼 몰래 꺼내고 있는지
나무 의자 두 개에
나란히 앉은 정지화면.

파란 거울에 미끄러지던
구름도
외딴섬이 되어
그 자리에 서 있다.

시간도 고여 있는 듯
그러나
모든 것을 다 쓸어 담으며
소리 없이 싣고 가는
맛도 향기도 다 잃은 계절.

내일이 되면
나 역시 저렇게 앉아

손에 쥐고 있는 지팡이
다시 찾으며
텅 빈 일기장을
뒤적일 것이다.

산은 더 높아지고

산은 점점 가파르다.
입으로는 용암을 토한다.

톱니 밟듯 올라가야 하는
빡빡한 계단 길.
눈 비비며 뒤돌아봐도
내려갈 길은 없고.

근육 드러나 보이는 젊은이는
힐끗 눈길 한번 주더니
스치듯 지나가며 휘파람 분다.

물 뚝뚝 떨어지는 수건을
짜고 또 짜며

산등성이 보이는
남은 계단 길
발 디딜 곳 찾아
낡고 구겨진 시간을 닦아 보는데

등산화 밑창이 손을 벌린다.

4부

마음이 어울리는 자리

2020년 6월 21일생
박이봄에게

1

모성이 아니면
다스릴 수 없는 변방의 영토
네 어미는 전사戰士였다
너의 요새를 만들고
어두운 밤바다 망루를 지킨
파수꾼이었다.

너를 뱃속에 안고
벼랑길 오르내리는 네 어미의
힘든 뒷모습을 보며
우리 모두 너를 만나려
밤하늘 별 밭을
헤매고 다녔지.

푸른 산 너머 마을
어린 별들이 끼리끼리
초여름 축제를 준비하던
그날 오후
너는

고고한 나팔을 불며
무한의 경계를 벗어나
유한의 경계로 들어오더라.

땀에 젖은 네 어미는
핏기도 지우지 않은 너의 볼에
입을 맞추며 증언했다.
"내 자랑스러운 아이야
너는 이제 사람이다."

2
너는 이제 사람이다.
창파滄波에 하얀 돛을 단
작은 배에 올라
너의 세계로
막 미끄러져 나가는구나.

제법 눈동자 맞추고
입을 벌리며 옹알이할 때,
배고프다며 주먹을 쥐고

울음 터트릴 때,
기저귀 갈아 달라고
팔다리 이리저리 춤추며
두리번거릴 때.

보라
샘물에 생각이 고이고
지혜가 쌓이는 순간순간들
세상을 살피는 저 눈빛을
인간으로 완성하는
창조의 오묘한 손끝을.

너같이
꼼지락거리며 고개를 드는
새 생명들이
저 울창한 숲을 만들고
대지의 젖줄을 이어 왔단다.

3

잊지 마라
이 푸른 별의 생명들은
모두가 서로 의존해 사는
아름답고 소중한 이웃들이다

하늘, 땅, 바다,
달, 해, 별, 산, 들, 강,
눈, 비, 바람의 무궁한 의미도
아! 하고 깨달을 때가
있을 것이다.

귀 기울여 들어 보렴
함께 음정을 맞춰
부르는 그들의 노래를.

나는
눈을 감고 기도한다
저들과 어깨동무해
너의 몫을 다하게 해 달라고.

4

사람의 길은
아득하기도 하지만
지나고 보면 너무 짧더라.

들을 지나
산 넘고 강 건너 가다보면
어느 날 저녁에는
벌써 여기인가 문득
뒤돌아보게 된단다.

그러나
짧다고 포기하지 마라
편안을 찾아 주저앉지 마라
그만 다했다고 머물지 마라.

가는 시간 오는 시간을
옷감처럼 촘촘히 짜서
너의 길을
쉼 없이 일구어 가거라

네가 주인인 너의 길
사람의 길을.

처음 손잡던 날

손을 잡고 싶은데
용기가 없었습니다.

잠시
해야 할 말 놓친 사이
내 마음을 읽었습니다.

그처럼 곱고 눈물겹고
고마웠던 손길은
지금껏 보지 못했습니다.

젊은 시인의 시가 좋다*

젊은 시인의 사랑 노래에는 계피 냄새가 납니다. 이슬이 바짓가랑이를 흥건히 적시는 논두렁길, 잠 덜 깬 메뚜기가 놀라 눈을 동그랗게 뜨는 논두렁길 걸을 때의 바로 그 싸한 풀 냄새입니다.

낯설지도 않은 기억인데 왜 새삼 낯선 것 같은 설렘일까요? 매콤한 그리움 때문에 내 십팔번 곡 나오는, 꼭 소주 한 병쯤 마시고 혼자 흥얼거리는 그런 기분 같기도 해요. 젊은 시인은 사랑의 아쉬움을 건드리고 휘저으며 얘기합니다. 나이 지긋한 한 젊은이가 그의 노래를 따라 합니다. 지나간 것은 지나가서 그리운 것이 아니라 다시는 오지 않기 때문에 더욱 간절하지요.

언제이든가? 톱밥 난로 발갛게 달구던 강원도 두메 간이역. 눈인사하며 두 량짜리 기차 플랫폼 오르던 그때 그 여학생은 다시 만나지 못했습니다. 여름방학 마치고 대구로 가는 전동차. 잘록한 허리띠 교복 입은 여학생은 눈 마주치자 고개 숙이며 얼굴 붉히더니 그게 끝이었습니다.

---

* 박준 시인의 시집 《당신의 이름을 지어다가 며칠은 먹었다》(2012)를 듣고.

퇴계로 어느 호텔 커피집에서 처음 만났지요. 명동 통기타집 골목을 못 찾아 당황할 때 앞장서며 "여기 아니에요?" 하던 그 40여 년 전의 앳된 얼굴 지금은 내 옆에서 함께 그림자 끌며 갑니다.

山寺 올라가는 길목에서 하루 한 번 겨우 왔다 가는 버스를 기다린 적이 있습니다. 그 사람이 온다고 해서요. 성냥갑 같은 버스가 산비탈에 고개를 내밀 때는 산까치가 먼저 알려 주었습니다. 아직도 어제 같아요.

젊은 시인의 '미인'을 생각하며 다시 그의 시를 기다립니다.

태종대 연인

불같이 안았다가
와장창 깨지고
조각조각 분노만
하얗게 흩어 놓더니

언제 그랬나
가는 듯 되돌아와
얼굴 비비대고는

아이고, 저들 보게
또 부딪쳐 눈물 쏟고
등 획 돌리네.

고무줄 같은 인연
다시 두 팔 벌려
서로 꼭 껴안을 텐데.

수천 년을 더 가도
끊어지지 않는
저들의 사랑법이라네.

마음이 통했다

"아름답습니다"라고 낙서 한 줄
몰래 남기려다 나이 든 사람의
빈 일 같아 참았다.

17층에 앉아 있는 나는
물건 들고
2층 계단을 올라가야 하는
택배 기사들의 어려움도
물건을 받는 집주인의
불편한 심사도
생각해 본 적이 없다.

A4 용지에 큰 컴퓨터 글씨.
"2층에 이제 엘리베이터가
서도록 했습니다. 덜 힘드실 것
같아요. 항상 감사드립니다.
〈201, 202호〉"

그 밑 여백에 쓴
손 글씨
"감사합니다"

첫눈 내리는 날에는

첫눈 내리는 이런 날에는
삼수갑산 고갯길
뱀처럼 기어가는 기차라도
타고 싶지.
개마고원 산허리 돌며
김 서린 차창 소매로 닦는
내가 보이지.

하얀 능선
하얀 들판
하얀 숲
하얀 마을.

눈밭 논두렁 뛰어다니며
콧물 훌쩍이던
저부실* 동네 그 아이들
성섭이, 윤하, 팔식이 …

---

* 시인의 고향 마을 이름.

받지 못하는 전화라도
털털한 목소리 듣고 싶고.

물 뚝뚝 흐르던
내 바짓가랑이
밤색 미닫이 열고
마른 옷 꺼내 주던
어머니도 그립고.

창밖으로 손을 내민다.
앉을 듯 말 듯 하다가
다시 공중을 떠돌기만 하는
저 눈보라 무리.

새들은 둥지 속에서
무엇을 그리고 있을까.

아파트 놀이터에는
하얀 이불 깔려 있는데
아이들이 보이지 않네.

푸른 날의 성찬이었네

초소에 혼자 서 있던
한밤중 그 눈보라네.
눈발로 빰 때리던
설악산 그 골바람이네.

가마득한 눈밭 걸어와
곰삭은 목소리로 암구호 대던
충청도 병사는
아내와 첫돌 지난 아기 사진을
늘 가슴에 품고 다녔지.

코 고는 소리가
유월의 개구리 합창 같던
천막 막사
젊음을 회돌이 치던
누런 담요 끌어 덮으면
설악산 눈은 다 녹아
고향 가는 버스 기다린다.

그 충청도 병사도
이 눈 쏟아지는 밤
나처럼 보초를 서고 있을까.
너무나 긴 세월 소식 끊었으니
이제 인생 제대했을지도 모르겠다.

젊음을 휘감고 할퀴던 한때
그래도 푸른 날의 성찬이었네.

누가 속 좁은지

이른 새벽부터 동네 돌아다니며
저렇게 엿장수 가위 목소리로
떠벌리고 다니니

그래 알았다
눈보라 견디고
살아 돌아왔다는 건가.

홀어미 임종 지키며
밤새껏 울다
부음 전하는 건가.

성당 언덕에 개나리 덮였다고?
목련이 봉우리 틔웠다고?

아하
그렇구나.

자랑하는구나
부리에 피멍 들도록

날갯죽지가 해어지도록
잔가지 수천 번 물어와
지은 집.

푸른 하늘에 뜬
별장 같은 보금자리를.

아니,
아 - 하!
그렇구나.
청첩장 곧 보낸다는 거구나.

동안거 冬安居

손발이 시렸느냐
초겨울 바람 넘실거리도록
창문을 열어 둔 것도 아닌데.

화분들이 시름시름 하더니
지난 여름날 이야기를
깔아 놓았다
책장마다 노랗게 물이 들었다.

잠시 머물다 가는 한낮
스쳐가는 것들의
냉담한 표정을
이 좁은 공간에서
어떻게 눈치챘는지,

창에 핀 성에가 녹을 때까지는
살갗 도려내는 바람 불어도
스스로 문을 닫고
번뇌의 강을 건너야 한다네.

눈 오는 소리도
촛불 녹는 소리도
먼 세상의 일.

오직
하늘 끝 별빛 한 떨기만
마음속에 심고 견뎌야 한다네.

태평양으로 간다

물안개 가득한 광장
겹겹이 뻗은 골짜기마다
함성 울린다.
자 이제 가자.

한반도 허리 수백 리 길
밤낮으로 달려와
얼싸안은 남한강 북한강.

바람도 구름도 모두 일어나
환호하는 한낮
우리는 간다.
어깨동무하고
태평양으로 간다.

말하더라.
손을 놓치는 순간
너는 남극에서
나는 북극에서
파란 빙하가 되어
다시는 만나지 못한다고.

잊지 말자.
하늘 끝 수평선 따라가다가
돌고래 물보라 치는 산호초 만나면,
야자수 늘어진 백사장 만나면,
동해물과 백두산을 외치자.

달 밝아 더욱 서러웠다 하더라
포연 자욱한 막사에서,
허기져 눕던 사탕수수밭에서,
북녘 하늘 바라보며 흘리던 눈물.

원혼으로 남은 우리 사람들
모두 불러내
덩실덩실 춤추게 하자.

그 운동장에 와 보니

아이들 오지 않는 산골학교는
풀숲에 감겨 헐떡이는 고래
죽었는지 살았는지
가을 하늘만 멀뚱히 쳐다보네.

참새떼 우르르 잡초밭에 내려앉네
이맘때
응원가 함성에 만국기 펄럭이던 운동장
구름이 잠시 서 있다 가네
바람이 잠시 머뭇거리다 가네.

아이들은 머리에 거미줄 날리며
복도로 교실로 뛰어다니고
긴 막대기 든 선생님은
창밖에 뒷짐 진 채 어른거리고.

몇 토막 남아 있는 교가 음절만
느티나무에 플라타너스나무에
찢어진 색종이처럼 매달려
나풀거리는데.

산허리 돌아 읍내 가는 길
가을 햇볕이 서럽네.
기역 니은 디귿 내 짝이
새벽 짐에 실려
눈 비비며 넘어갔다던 그 고갯길.

봄이야 내년에 또 오겠네만
저 과수원 옆으로
저 코스모스 길로
나풀나풀 손잡고 오는
아이들 있을까.

오랜만에 만난 늙은 소나무는
내 어깨 뒤로 목 길게 늘어뜨리고
아이들 소식을
몇 번이나 묻네.

봄바람

어디서 오는 길이냐고 물었더니
미소만 짓데.
어디로 가는 길이냐고 물었더니
또 미소만 짓데.

산 넘어 들길로 왔다는
그 길 뒤돌아봐도
연푸른 하늘 쪼려는
종다리만 분주할 뿐.

붉은 꽃 노란 꽃 하얀 꽃
얼굴에 덧칠할까 봐
오는 소리 가는 소리
치마폭에 숨기고
달밤 그림자도
남몰래 지우며 왔다데.

비단처럼 감기는 손길
잡으려 했더니
살랑살랑 고개 저으며

잘도 빠져나가는
봄바람.

당신은
그냥 지나간다면서
첫사랑 풋내음 같은
가슴 벅찬 이 향기는
왜 남기고 갑니까.

못 받은 편지

지난밤에는
하늘도, 땅도,
검은 눈물 뚝뚝 흘렸는데

그렇네
새벽녘 뻐꾸기 소리
꿈속인 줄 알았는데
성당 언덕 개나리꽃
늘어질 대로 늘어져 있다네.

햇볕이 잔잔히 고이고 있는 골목길
조막손 쥔 아기가 옹알거리며 웃고
등 굽은 할미는 또 등 굽이며
따라 웃고.

나만 몰랐던가 문 앞까지
찾아온 봄을.

지나가는 빨간색 오토바이 집배원에게
혹시나 하고 눈길 맞춰 보는 아침나절

오후에는
넥타이 매고
한강 샛길이라도 나가 봐야겠다.

이 같은 봄날에는

이토록 향기로운 봄날에는
일 년이 한 달로 바뀌고
일주일이 하루로 바뀌는
광속의 시간을 벗어나
또 다른 우주에 가 보고 싶다.

촉촉한 가지 위 애벌레처럼
허리 움츠렸다 폈다 하면서
아주 천천히
끝없는 시간의 저편으로 건너가

꽃이 피고 잎이 돋아나는
경이로운 율동을 보고 싶다.

끝도 헤아림도 없는
손놀림을 보고 싶다.

행복

다람쥐 둘이
나뭇가지 사이로 뛰어다닌다.

몸집 큰 아이가 손뼉을 친다.
할 얘기가 너무 많다.
긴 그림자 끌고 뒤따르던 엄마도
따라 손뼉 친다.

나뭇가지 사이에 머물던 구름이
자리를 비킨다.
햇살이 기름방울처럼 튄다.
햇순이 은비늘 같다.

저 하늘이 왜 저렇게 푸른지
그 이유를 알겠다.

봄 찾아가는 길

청둥오리 몇 마리
먼 하늘길 바라보며
나래 터는 한낮.

아기가 뒤뚱뒤뚱 걸어간다.

터지는 웃음 참으려고
애쓰는 포플러 나무들
껍질 안에 무엇이
기어 다니는지
취한 사람처럼 이리저리 몸을 비튼다.

나도
아기 뒤따라가며
터지는 웃음 참고 있었는데

몇 걸음 앞에 앉아 있던
아주머니 두 사람은
마음이 넘쳤다.
아기를 보고 나를 보고
웃었다.

봄 빛살에 취한 나도
뒤뚱뒤뚱
아기 걸음과 박자가 맞았나?

속없이 같이 웃었다.

부처님 괜한 걱정하신다

햇볕 덮인 산사山寺.
흰 뼈 다 드러난 감나무 가지에
까치 한 마리 앉아 있다.

날개 한번 추스르더니
옆 가지로 살짝 올라앉는다.
홍시가 입을 배시시 열고 있다.

좌우로 고개 돌리다가
대웅전 문틈으로
부처님 얼굴 살피던 까치.
작은 머리로 정신없이
망치질한다.

파란 바다에 조각배 하나
나뭇가지에 걸려 있네.
파도에 일렁이듯
뱃머리로 방아 찧네.
빤질빤질한 까치의 목덜미 위로
늦가을 햇살 굴러떨어진다.

눈감았던 부처님 미소 짓는다.
체할라
천천히 먹어라.
내 밥이 네 밥이니라.

까치도 따라 염불 된다.
부처님
괜한 걱정하시네요.
나무 - 아미타불.

알겠다

베란다에 있던 선인장을
거실로 옮겨 놓았더니
자꾸 창밖으로 고개를 돌린다.

눈 오고 바람 불어
못 오고 못 보더라도
그리운 이는 언제나
남녘 창가로 온다나.

가시 귓불 시리고
손가락 얼어도
다시 베란다에 내놓아야 하겠다.
그리운 사람은 따로 온다고 했으니.

창에 성에 끼는 날이면
신문지나 열심히 덮어 주고
네 눈치나 살펴야겠다.

자랑하네

하늘길 안개가
멀리 비껴 흘러가는 사이
억만년의 시간이
또 억만년의 시간을 펼치는
빙하의 밤.

구천九天을 뚫고 온 별빛 한줄기
바늘귀 같은 창틈으로 들어와
나를 깨워 불러낸다.

유리창 얼음덩이가 파란 빛살 타고
흘러내리는 베란다 구석
아이고!
젖가슴 겨우 가린 연분홍 선인장꽃.

그 먼 길 여기까지 와
저 파란 눈빛 저 파란 손길로
이 천상의 꽃을
피워 놓았다는 거구나.

너는 잘못한 게 없다

손잡이 따라
흔들거리는 너는
웃고 또 웃는구나.
나직한 목소리로
노래도 부르며.

조금 눈에 띄면 어떠냐.
너는 잘못한 일 하나 없는데

보이니?
차창 밖 검은 화면에
엄마도 함께 서 있네.
가끔은 고개 숙이며.

나도
엄마와 같은 웃음으로
너에게 말을 걸며
함께
긴 터널 빠져나가고 있단다.

우체통

몇 가닥 젊은 날 기억 때문에
가끔은 눈길을 주고받던 사이
장마가 온다던 어느 날
아무도 모르게 가 버렸다.

누군가 오겠지요
누군가 올 거예요
손 내밀어 봐도
철 지난 들판 허사비 신세.

밤이 오면
유월의 보리 가시랭이 같은
속눈썹이
자꾸 마음을 찌른다더니
스스로 우표를 붙이고
주소 없는 하늘로 가 버렸다.

아파트 입구가 텅 비었다.
보랏빛 내 그림 한 조각만
휴지처럼 뒹굴고 있었다.

없어진 것이 아니랍니다

서편 하늘에 구름 한 덩이 떠 있습니다.
가던 구름인지, 오던 구름인지,
먼 밤 파도에 밀려
빌딩 꼭대기에 얹힌 건지.

노을만 들이켜더니
보이지 않습니다.
서편 하늘은 황금빛 물결만 잔잔합니다.

없어진 것이 아니랍니다.
사라졌다고 합니다.

그러나
어디로 갔는지
아는 사람은 아무도 없습니다.

애이불상의 시학

남찬순의 《바람에게 전하는 안부》의 세계

유자효 | 시인

남찬순 형과의 관계는 어언 40여 년을 헤아린다. 그 푸르던 시절, 우리는 정치부 기자로 취재 현장에서 만났다. 남 형은 〈동아일보〉, 나는 KBS 기자였다.

우리의 기자 시절은 한국 현대사의 한 격동기였다. 유신체제의 끝 무렵과 10·26 사태, 12·12 사태, 5·18 민주화운동, 제5공화국과 문민정부에 이르기까지 숨 가쁜 역사의 고비를 현장에서 취재하고 보도했었다.

세월과 함께 우리의 머리에도 서리가 내리고, 공자가 종심소욕불유구從心所欲不踰矩라고 일컬었던 나이에 이르렀다. 성인聖人께서 "마음이 가리키는 대로 걸어도 잘못됨이 없더라"는 그 나이가 된 것이다.

모처럼 연락을 받고 나간 자리에 남 형은 책을 한 권 내밀었다. 시집이었다. 《저부실 사람》. 나는 놀랐다.

'아, 남 형이 시를 쓰고 있었던가? 그것도 한 권의 책이 될 때까지 홀로, 고독하게 … .'

그의 고향 마을 이름을 제목으로 따온 그의 첫 시집은 한 언론인의 본향 회귀 선언이었다. 나는 그 시집을 찬찬히 읽으며 진솔한 고백들에 감동했다. 과연 인생 70은 마음이 가리키는 대로 걸어도 후회 없는 나이였다.

첫 시집을 내고 남 형의 제2의 인생이 본격 가동되었다. 그는 시 전문지에 작품들을 발표하며 시단에 이름을 알리기 시작했다. 그러면서 다시 한 권의 시집을 낼 만큼 시가 모였다. 나는 그의 부지런한 글쓰기에 감탄을 금치 못하며, 그의 두 번째 시집에 졸문을 붙이게 된 것을 영광으로 여긴다. 이 글은 40년 지기에게 바치는 나의 헌사가 될 것이다.

눈물로써 열리는 눈

《바람에게 전하는 안부》는 눈물의 시집이다. 이 시집은 도처에 시인의 눈물이 흥건하다. 인간의 가장 순수한 감정이 슬픔이라고 한다. 무엇이 시인을 눈물에 젖게 했던가? 이제부터 그의 시 세계 속으로 함께 걸어 들어가 보자.

… 어머니는 시간이 흐를수록 외딴섬이 되고 있었다. 적막한 공간에서 지난 세월을 혼자 걸으며 달빛에 젖고 있었다. 서서히 끝 모를 대해로 표류하기 시작했다. 해가 다 지고 별이 뜬 밤. 육지는 보이지 않고 어둠은 빠른 속도로 모든 빛을 갉아먹었다. 망막 멀리 별빛이 하나둘 나타날 때도 간혹 있었겠지. "찬수이 왔다"고 큰 소리로 말하면 간신히 얼굴은 돌리지만 인지하는 것은 눈빛뿐. 그 흐릿한 눈빛만으로 모든 얘기를 대신했다. …

-〈공허한 고해〉 중에서

7년 동안 병상에서 고생하신 어머니에 대한 눈물의 시다. 간병인이 자동침대로 몸을 반쯤 일으켜 주면 그때마다 되풀이하던 얘기. "바쁜데 뭐 하러 … ." 그것이 어머니의 빈말이었음을 시인은 안다. 힐끔힐끔 시계를 보는 척하다가 간다고 할 때면 "어서 가라"고 손을 내저으면서도 자주 오라는 말은 잊지 않았던 어머니. 시인은 어머니의 그 고독과 아픔의 깊이를 시로 쓴다.

아버지의 모습도 생생한 기억으로 남아 있다. 살구나무 집 돌담 밑에 머리 내밀고 있는 돌부리. 넘어져 아린 무릎에 핏방울 몇 개 이슬같이 맺히자, 아파도 참아야 한다며 등 두드려 주던 어깨 꼿꼿한 젊은 아버지의 모습이다. 시인은 고향 유수지 옆 언덕에 있는 아버지의 안식처를 뒤돌아본다. 아버지의 등이 오후의 햇살을 받아 눈부시다.

… 거무죽죽한 느티나무는 여전히 두 팔 벌려 맞이합니다. 호박 넝쿨 막 키재기하는 텃밭 옆입니다. 웬일이냐며 반색하는 아버지는 사진으로 남은 40대 젊은 모습입니다. 생전의 아버지는 동네를 한 바퀴 돌면 아버지의 아버지를 만나고, 할아버지의 할아버지를 만나고, 어스름한 저녁이면 소나무 언덕 황톳길에 읍내 나간 아들 기다리는 어머니가 보인다고 했습니다. 지금도 동네길 도는 것이 아버지의 일상이라고 합니다.…

-〈아버지를 만났다〉 중에서

이제 시인은 그때의 아버지보다 나이가 더 들었다. 그래도 아버지는 "늘 차 조심해라" 하시며 오늘도 저녁 해가 부엉이 산을 넘어갈 때까지 유수지 언덕에 그대로 서 계실 것이라고 한다.

슬퍼하되 상하지 않는다

시인은 죽음에 대해 이야기하지만, 그의 미덕은 슬퍼하되 상하지 않는다는 것이다. 애이불상哀而不傷. 이 선을 지킴으로서 그의 시는 독자들을 감동의 세계로 인도한다. 애이불상은 공자가 《시경》의 〈관저〉關雎 편에 붙인 논평이다. "관저의 시는 즐거우면서도 음란하지 않고, 슬프면서도 마음을 상하지는 않는다"關雎 樂而不淫 哀而不傷. 공자는 그것을 절제된 감성으로 보았다.

… 몇 차례 힘든 숨을 몰아쉰다. 생명의 끝인가. 경계 너머 저쪽 강언덕에 서 있는 사람에게 큰 소리로 물었다.

어디로 데려가려고 기다리는 거요? 거기는 어디요?
거기가 끝이요? 도대체 거기가 있기나 합니까?

… 경계를 넘으면 항상 새로운 경계가 있는 우리네 삶. 저 경계는 넘으면 아무것도 없는 어둠뿐인가. 그 속에도 무언가 있는가. 빛이 있고 새로운 어울림이 있는가.…

-〈西江을 건너가면〉 중에서

최근 장인의 임종을 함께한 시인은 말한다. 운명의 순간을 지켜보는 그 순간은 모든 생각이 사라지고 생각이 없는 멍한 순간이 지속되다가 생과 죽음의 경계를 뒤늦게 확인하게 되더라는 것이다. 죽음은 실감하지 못하지만 눈앞에는 이미 주검으로 누워 있다. 그러나 그 경계는 종이 한 장처럼 가볍고 얇더라는 얘기다. 이는 죽음에 대한 시인의 개안이다. 나이가 주는 미덕이라고 하겠다.

… 술판이 거나하게 벌어지는 이곳에서는 아무도 그의 짧은 생애를 얘기하지 않는다. 나는 컴컴한 극장 한구석 의자에 고개 떨구고 앉아 있는 그 가슴 시린 영혼이 자꾸 떠올라 나무 같은 북어 안주만 뜯고 있었다.… -〈낙원동 연가〉 중에서

1985년 시 〈안개〉로 〈동아일보〉 신춘문예에 당선하고, 1989년 종로의 한 심야극장에서 뇌졸중으로 숨진 기형도 시인의 이야기다. 그는 〈중앙일보〉 기자로 일하던 29살에 숨졌다. 시인은 후배 기자 기형도의 안타까운 죽음을 조상한다.

여기에 또 한 사람이 등장한다. "물들인 군인 잠바를 입고" 덜걱거리는 출입문을 열며 들어서는 사람은 2005년에 죽은 고향 친구다. 운전면허 학원에 다니러 서울에 왔다던 1960년대 후반 어느 날처럼, 덧니 난 얼굴로 빙그레 웃으며 손을 내민다. 이 두 인물을 만나 시인은 무슨 말을 할까.

… 세월의 칼날이 빗금으로 날아다니는 참호에서 머리 푹 숙이고 소리 한번 지르지 못한 내 고향 친구와 슬픈 시인 그리고 나이 챙기기도 쉽지 않은 나. 셋이 마주 보고 앉았다.

"먼저 가 보니 어떠했어?"

"다 그게 그거지"

"오래 살아 보니 재미있어?" …

-〈낙원동 연가〉 중에서

삶과 죽음이 다르지 않다는 생사일여生死一如의 인생관을 "다 그게 그거지"라는 친구의 함축적인 답변으로 대신한다. 그것을 어떻게 달리 명확히 표현할 방법이 있을까. 그래서 시인은 삶과 죽음이라는 현실의 경계에 대해 끊임없이 의문을 제시한다. 답이 없다는 것을 알면서도 의문은 단념할 수 없는 것이다.

다만 그 바탕에는 죽음이라는 것이 끝이 아닐 것이라는 막연한 희망만 깔고 있을 뿐이다. 그 희망은 흐릿하고 막연한 것처럼 보이지만 그렇게 내버려 두지만은 않으려는, 강력한 힘을 스스로 비축하려는 의지 역시 보인다. 종교의 힘을 얼핏 느끼게 한다. 대상이 있든 없든, 무엇인가에 묻고 물으며 다시 만나게 해달라고 소원하고 어떤 때는 감사하다고도 한다. 누구에게 감사하다는 걸까.

… 그는 약속이나 한 듯
거미줄 낀 형광등 아래
그림처럼 앉아 있었고

… 꽃잎도, 달빛도

밟지 않고 그림자처럼
어둠 속으로 사라집니다.

… 만나게 해 준
그 고마운 분께 기도했습니다.

- 〈감사합니다〉 중에서

시인은 "인생은 인생으로만 끝나는 것이 / 아니라고 킥킥거리며"(〈전쟁놀이〉), "불같은 연모의 정을 / 풀어놓지 못하고 / 오직 그렇게 / 바람으로만 / 바람으로만 / 네 마음 흔들어 놓고 간다"(〈바람으로 왔다 간다〉)고 고백한다. 이처럼 남아 있는 인생이 살아온 인생보다 훨씬 짧다는 물리적 현상을 자각하며 무의식중에 떠나갈 날을 준비한다. "생전의 건강한 모습만 / 기억해 달라"는 떠나간 친구의 이야기며(〈인물사진〉), "빈손으로 가야 할 길 / 가지고 갈 곳도 없는 / 쓸데없는 짐만 많더라"는 친구의 말(〈탁상달력〉)을 의미 있게 새겨 둔다.

그러면서 시인은 스스로 자기가 떠날 때 모습을 상상하는 것이다. 삶과 죽음, 이승과 저승의 불명확한 개념과 경계를 인정하지 않을 수 없는 상황에서도 한세상 사랑은 꼭 챙겨가겠다며 떠나는 장면을 형상화한다.

그날은

그림자도 남기지 않겠네

내가 나를 뒤따라가며

지우고 지우고 가려네.

… 못 잊을 그 사랑 하나

달랑 보따리에 챙겨 멘 채

청산아 고맙다며

석삼년 살 오두막 찾아가려네.

-〈청산에 들어갈 때는〉 중에서

살아 있는 것들에 대한 경외

죽음의 경계, 죽음의 선에 대한 집착과 함께 시인은 그만큼 살아 있는 것들을 축복한다. 언제나 더욱 가까이 다가가 대화하려고 노력한다. 새를 보든, 꽃을 보든, 자연 그 자체를 경이로운 예술로 승화시키며 존재의 가치를 시로 형상화한다.

… 자랑하는구나

부리에 피멍 들도록

날갯죽지가 해어지도록

잔가지 수천 번 물어와

지은 집.

… 아니,

아-하!

그렇구나.

청첩장 곧 보낸다는 거구나.

-〈누가 속 좁은지〉 중에서

… 가시 귓불 시리고

손가락 얼어도

다시 베란다에 내놓아야 하겠다.

그리운 사람은 따로 온다고 했으니.

창에 성에 끼는 날이면

신문지나 열심히 덮어 주고

네 눈치나 살펴야겠다.

-〈알겠다〉 중에서

… 그 먼 길 여기까지 와

저 파란 눈빛 저 파란 손길로

이 천상의 꽃을

피워 놓았다는 거구나.

-〈자랑하네〉 중에서

생명이 있는 것들이나 살아 있는 것들을 두고 새로운 의미와 동기를 부여하며 되돌려 인생에 투영하는 것은 시인이 특권처럼 할 수 있는 고유한 작업이 아닐까. 말이 통하지 않는 것들과 꾸준히 대화하려는 시인의 노력은 다름 아닌 휴머니즘에 그 뿌리를 두고 있다는 생각이 든다.

자리를 비켜 주어야 할 때

어느 때이든 어느 곳이든 영원히 머물지는 못한다. 산허리에 걸린 것이 구름인지 안개인지 구분이 안 되는 세상이기는 하다.

"국회의사당 꼭대기에 / 저녁 해가 앉아 있다 / 하혈을 하는 것이다. … 가고 나면 / 전당殿堂은 / 불빛 한 오라기 없는 / 천년 유적이 된다"(〈웃는 것이다〉)고 하고, "푸른 숲길 다 삼키며 / 도도하게 흐르는 / 저 흙탕물은 / 어디까지 휩쓸며 갈 것인가"(〈이 그림은〉)라면서 시류를 보는 정치부 기자 시절의 눈길을 숨기지 않는다.

그러나 마음에 차지 않은 일들이 있어도 자리에서 일어서야 한다. 시인은 현실 세계에서 느끼는 좌절과 장벽을 때에 따라서는 포용하기 위해 부단히 노력한다.

자신이 "손가락 못 쓰는 현대판 문맹(컴맹)"이라고 말하면서도 한편으로는 반발하지 않고 스스로 인정하는 모습도 보인다.

나는
이미자의 노래를 따라가다가
이문세의 노래를 따라가다가
요즈음은
방탄소년단 따라가려
고개 돌리다
그만 길을 잃었다

… 참 잘난 세상 만나
원고지 한 장 버리지 않고
자판을 두드린다.
자랑스럽게
한 손이 아닌 두 손으로.

… 바닥이 얕아 뒤뚱거리며
온몸에 상처를 내도.

-〈두 손으로 시를 쓴다〉 중에서

한때는 앞서 달리면서 즐기던 세상이었는데, 한순간 까마득히 뒤처진 세상이 되었다고 시인은 말한다. 우리 같은 나이의 사람들에게는 잔잔한 울림으로 다가오는 이야기지만, 그것이 자연의 순리라고 받아들여야 하지 않을까.

… 다시 온다는 기약은 헛된 것입니다. 저 푸르고
왕성했던 계절은 이미 우리의 것이 아닙니다.
자리를 비우고 이어 주어야 합니다.

… 아름답고 감사하고 눈물겨웠다는 말을 꼭 전해주고
싶습니다.

-〈시월의 모서리에서〉 중에서

시인이 갓 태어난 손주에게 당부하는 시도 인생과 자연의 융화 그리고 순환에 대한 믿음을 그 바탕에 두고 있다.

… 잊지 마라
이 푸른 별의 생명들은
모두가 서로 의존해 사는
아름답고 소중한 이웃들이다

… 가는 시간 오는 시간을
옷감처럼 촘촘히 짜서
너의 길을
쉼 없이 일구어 가거라
네가 주인인 너의 길
사람의 길을.

-〈2020년 6월 21일생 박이봄에게〉 중에서

남찬순 시인에게 시 쓰기는 경건한 작업이다. 그의 시 쓰기는 언론에 이어 제2의 생의 주제를 형성한다. 우리에게 왜 시가 필요하며, 이 시대에 왜 시가 중요한가를 그는 삶과 죽음의 의미에 방점을 두며 증언하려 한다.

새벽에 조간신문이 배달되면 변함없이 컴퓨터 자판 앞에 앉아 시를 쓰는 시인. 두 손으로 시를 쓰는 것은 시에 대한 경배와도 같다. 시인은 첨단 장비인 컴퓨터로 시를 지으면 "일 이 삼 사 처음 배운 아이처럼 / 득의만만하다"면서도 "바닥이 얕아 뒤뚱거"린다고 한다.

전혀 그렇지 않다. 성공한 언론인으로서의 생애가 보여주는 성실함과, 인생을 보는 예리한 시선은 많은 독자들의 공감을 불러일으킬 것이 틀림없다. 앞으로의 작업에 더 큰 기대를 갖는 이유다.

지은이 소개

남찬순南贊淳

1948년 경북 문경시 마성면 저부실 마을에서 태어났다. 서울대 정치학과를 졸업하고, 미국 시러큐스대에서 국제관계학 석사, 경남대에서 정치학 박사학위를 받았다. 〈동아일보〉 워싱턴 특파원, 기획특집부장, 논설위원이었다. 《저부실 사람》(2018)에 이어 이번이 두 번째 시집이다. 저서로 《평양의 핵미소》(1995), 《북미 핵협상과 동북아 질서》(2007)가 있다.

나남시선

1. 정읍사 / 최연홍
2. 산조로 흩어지는 것들 / 황운현
3. 우리나라 날씨 / 강인한
4. 미완성을 위한 연가 / 김승희
5. 떠도는 숨결 / 김은자
6. 새야새야 파랑새야 / 송수권
7. 우리가 날아가나이다 / 배미순
8. 새들은 황혼 속에 집을 짓는다 / 장석주
9. 하늘이불 / 조정권
10. 별빛 등불 하나 / 서경온
11. 바람 속의 작은 집 / 최명길
12. 흰 종지부를 찾아서 / 신효정
13. 하늘보다 먼곳에 매인 그네 / 문정희
14. 혼자 있는 봄날 / 박정만
15. 사람 그리운 도시 / 천양희
16. 꽃이 되었나 별이 되었나 / 서지월
17. 파냄새 속에서 / 마종하
18. 학교는 오늘도 안녕하다 1 / 배상환
19. 보고싶다는 그말을 위하여 / 남 희
20. 탱자나무 울타리 / 윤승천
21. 섬으로 가는 길 / 한정옥
22. 그러나 새벽은 아직도 어둡구나 / 문충성
23. 그리움의 작은 나라 / 이명주
24. 별제 / 이명자
25. 너 어디 있느냐 / 김윤식
26. 우리들의 유토피아 / 이승하
27. 지상의 한사람 / 권달웅
28. 외딴 별에서 / 임문혁
29. 해지는 쪽으로 가고 싶다 / 박정만
30. 사랑을 여는 바람 / 명기환
31. 당신들 속으로 / 배문성
32. 강물연가 / 이향아
33. 숨겨둔 나라 / 민병도
34. 녹슨 단추가 달린 주머니 속의 시 / 채성병
35. 초당동 소나무떼 / 신봉승
36. 학교는 오늘도 안녕하다 2 / 배상환
37. 시간의 샘물 / 이수익 외
38. 안전화는 뜨겁다 / 김경진
39. 돌아가는 길 / 김윤성
40. 가을 떡갈나무숲 / 이준관
41. 하루씩 늦어지는 달력 / 김 향
42. 아무나 사랑하지 않겠다 / 박순원
43. 노스포트의 칠우가 / 이재두
44. 매력없는 여자의 매력이 나는 좋다 / 박정래
45. 서울처용 / 한광구
46. 어떤 봄날 산에 올라 / 허창무
47. 나무들은 입덧을 하고 / 지 순
48. 별들은 여자를 나누어 가진다 / 김인희
49. 비보호사랑 / 배상환

50. 오늘이 가기 전에 사랑한다고 말하리 / 추은희
51. 내겐 목숨 건 사랑의 절창이 없었네 / 정상현
52. 지리산이 전서체로 일어서다 / 김영박
53. 선인장 / 허창무
54. 세계를 떠난 사람의 집 / 김 향
55. 연근무늬 밖 세상 / 공혜경
56. 날쌘 봄을 목격하다 / 류근조
57. 하늘말나리가 있었네 / 이희정
58. 떠도는 영혼의 집 / 정유화
59. 나 없는 내 방에 전화를 걸다 / 이화은
60. 종이 슬리퍼 / 서석화
61. 우리들의 시간 / 박경리
62. 다문리 박꽃 / 박소향
63. 불과 얼음의 콘서트 / 이수익
64. 하얀 민들레 / 신동현
65. 꽃가지 꺾어 쳐서 / 최상정 · 최영욱
66. 천천히 걷는 자유 / 권이영
67. 괴로움 뒤에 오는 기쁨 / 한택수
68. 이슬 / 김문영 · 이선원
70. 철새는 그리움의 힘으로 날아간다 / 이해리
71. 무소유보다도 찬란한 극빈 / 김영광
72. 용연향 / 김정란
73. 붉은 닭이 내려오다 / 전영주
74. 그리운 서역국 / 이희정
75. 식빵 위에 내리는 눈보라 / 홍승우
76. 아, 토지여 생명이여 / 이근배 · 강희근 외
77. 삿갓에 맺힌 이슬 / 이동순 · 이재무 · 이승훈 · 오세영 · 문효치
78. 나마스테! 히말라야 / 임병걸
79. 지하철에서 / 임병걸
80. 오후의 한때가 오거든 그대여 / 김홍섭
81. 숯내에서 쓴 여름날의 편지 / 한동화
82. 나는 한가한 눈사람이고 싶다 / 김진희
83. 홀림 떨림 울림 / 이영광
84. 흐린 날 미사일 / 김영승
85. 일흔이에요 / 이영희
86. 화인 / 장진기
87. 기다림이 힘이다 / 김홍섭
88. 꽃무릇 / 장진기
89. 그대에게 연을 띄우며 / 김대술
90. 저부실 사람 / 남찬순
91. 길고 먼 무지개 / 한택수
92. 춘추전국시대 / 고승철
93. 안경을 닦으며 / 류근조
94. 답청 / 유종인
95. 바람에게 전하는 안부 / 남찬순